親愛的鼠迷朋友，
歡迎來到老鼠世界！

謝利連摩·史提頓

Geronimo Stilton

《鼠民公報》辦公室

謝利連摩·史提頓

菲

賴皮

班哲文

老鼠記者

超級鼠改造計劃

Non Sono Un Supertopo

作者：Geronimo Stilton　謝利連摩・史提頓
譯者：王建全
責任編輯：曹文姬
中文版美術設計：劉蔚
封面繪圖：Giuseppe Ferrario
插圖繪畫：Merenguita Gingermouse, YuKo Egusa
內文設計：Elena Tornasutti, Christian Aliprandi
出　　版：新雅文化事業有限公司
香港筲箕灣耀興道3號東匯廣場9樓
營銷部電話：（852）2562 0161
客户服務部電話：（852）2976 6559
傳真：（852）2597 4003
網址：http://www.sunya.com.hk
電郵：marketing@sunya.com.hk
發　　行：香港聯合書刊物流有限公司
地址：香港新界大埔汀麗路36號中華商務印刷大廈3字樓
電話：（852）2150 2100　傳真：（852）2407 3062
電郵：info@suplogistics.com.hk
印　　刷：C & C Offset Printing Co., Ltd.
香港新界大埔汀麗路36號
版　　次：二〇一〇年五月初版
10 9 8 7 6 5 4 3 2 1

http://www.geronimostilton.com
Based on an original idea by Elisabetta Dami.

Editorial coordination by Patrizia Puricelli
Original editing by Alessandra Rossi
Artistic coordination by Roberta Bianchi
Artistic assistance by Lara Martinelli, Tommaso Valsecchi

ISBN: 978-962-08-5161-2

9/F, Eastern Central Plaza, 3 Yiu Hing Road, Shau Kei Wan, Hong Kong
Published and printed in Hong Kong

老鼠記者 Geronimo Stilton

超級鼠改造計劃

謝利連摩・史提頓
Geronimo Stilton

新雅文化事業有限公司
www.sunya.com.hk

目錄

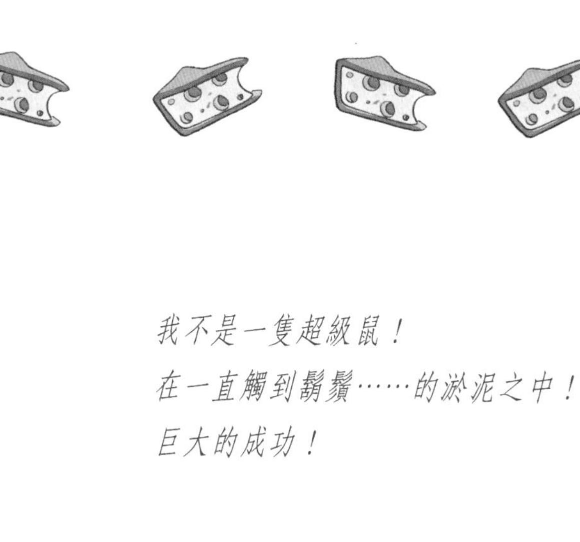
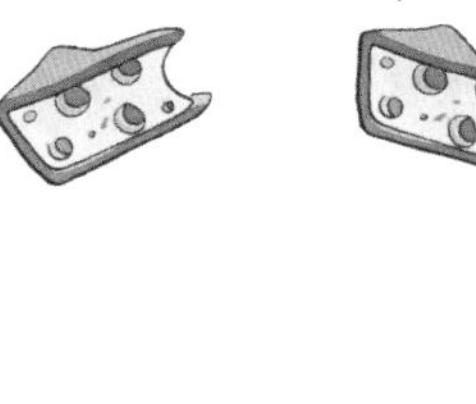

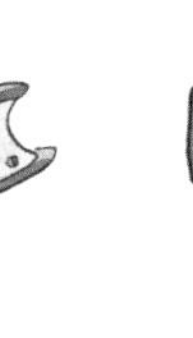

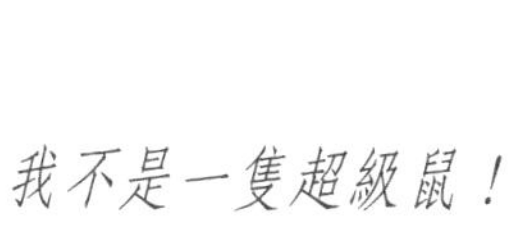
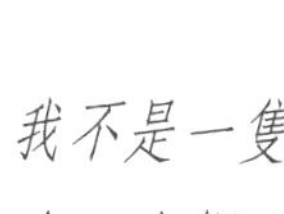

艾拿

世界上最愛冒險的老鼠

托帕多·榮譽鼠

妙鼠城市長

馬克斯·坦克鼠

謝利連摩的爺爺，《鼠民公報》創始人

天娜·辣尾鼠

馬克斯的管家

老鼠陷阱

我叫史提頓，*謝利連摩·史提頓*。

你們現在讀到的是我最喜愛的**冒險經歷**之一！

我是很喜歡閱讀的，而這個故事也恰恰是由一本書引起的……

那是**春天**裏一個星期六的下午，我吹着口哨從《**鼠民公報**》辦公室裏出來。《鼠民公報》是我經營的一份報紙，這

是老鼠島上最暢銷的報紙！我很愉快，因為我計劃先去購物，然後去妙鼠城圖書館找我很久以來就想讀的一本書。

我拿到書，很開心地朝出口走去。就在這個時候，看門鼠喊道：

「圖書館要關門啦啦啦啦啦啦！各位老鼠們請離開開開開開開開開開！」

我趕緊進入電梯並且按下按鈕，但是，當電梯到達第三層和第二層的中間時，我聽到左面傳來一陣「吱吱嘎嘎」聲，電梯停下來了。繼而燈滅掉了，我頓時完全陷入了一片黑暗之中。我開始大聲地喊道：「救命啊！電梯卡住了！」

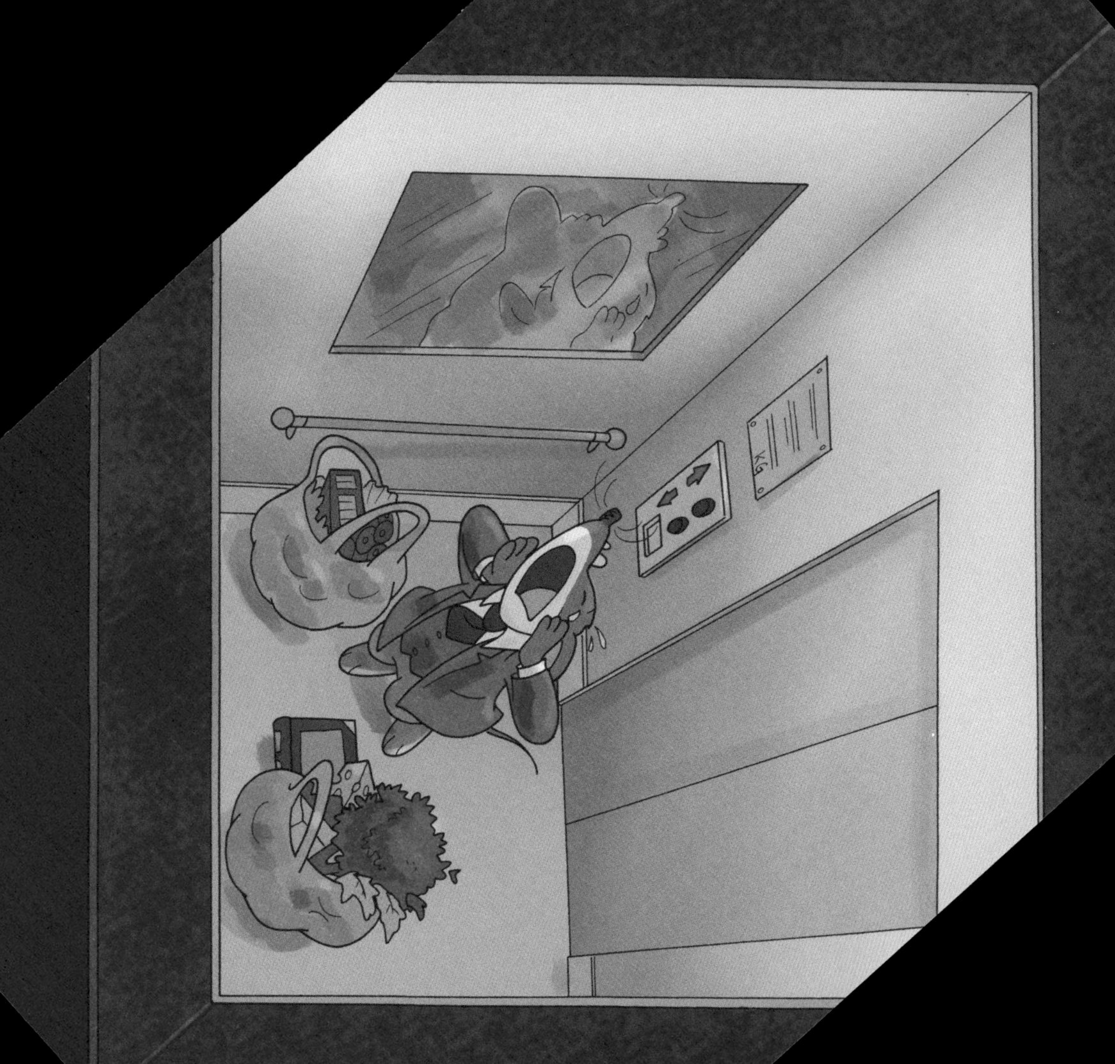

我感到很害怕：*我被關在電梯裏，在星期六的下午……並且沒有鼠知道我被困在這裏！*

我感覺到冷汗從我的鬍鬚上滴下來，頭暈目眩，心跳加快！

我開始用手爪敲打電梯的門，喊叫着：「我被困住啦啦啦啦啦啦啦！」

就在這時，我好像看到有什麼東西在黑暗中移動，不由得尖叫道：

「啊啊啊啊啊啊啊啊啊啊！」

然後，我看清楚了：那是電梯鏡子裏我的影子！

真正的，絕對的緊急情況！

我試着去思考：現在是星期六的下午，圖書館在周一的早上開門。我只能**靜靜地**等待……

但是想到要被關在這電梯裏一直到星期一，我心中湧起了一種像見到貓一樣的**恐懼**，我開始哭泣：**「救命命命命命命命！救命命命命命命命！」**

為了給自己勇氣，我坐到地上，在購物袋裏翻找食物，最後我啃了一小口乳酪，然後抿了一小口**橙汁**。幸好我之前去買過東西：通常一塊乳

酪比一杯野菊花茶更能使我平靜下來*（我是這樣一種鼠——非常迷戀和依賴乳酪！）*。

事實上，過了一會兒，我確實感覺好點兒了。我甚至想到翻閱一下我**借**來的那本書，拿來打發時間也是挺不錯的。這本書是在很長一段時間我一直想**讀**的！

我想：可惜這裏太**黑**了！而且，一片**漆黑！**這裏這麼黑，使我想起我恰好不能忍受這封閉的空間——我有幽閉恐懼症！

接着，我將外套弄成**枕頭**，躺下來，試着入睡。我希望當我睡着的時候時間能過得更快一些。但可惜我沒能睡着，那確實是一個無比漫長的夜晚！

我長時間地**翻過來覆過去**，直到最後進入充滿噩夢的夢魘中。

我甚至夢到自己被關在一口埃及石棺裏出不來！

多麼可怕的噩夢啊！

星期天的早晨到了，我是通過看閃着磷光的**錶針**才發覺到的：太陽的光照不到電梯裏面來！

為了給自己勇氣，我不斷地告訴自己：「星期一遲早會到的，那時候就會有鼠來**救**我了，這僅僅是時間問題！」幸虧在快到中午的時候，一件*意外的事情*發生了……

我聽到一陣響聲：

「**鈴鈴鈴鈴鈴鈴鈴鈴**～」

我嚇了一跳：那是什麼？

有東西在我的口袋裏面振動着！

「**嗡嗡嗡嗡嗡嗡嗡嗡！！！**」

我用手爪一拍腦門：***看在一千塊莫澤雷勒乳酪的份上***，是我的**手機**！

多愚蠢啊，為什麼我之前就沒想到呢？

我用兩隻手爪顫抖地抓住它，激動地、結結巴巴地說：「喂！我——我是傻瓜……呃，我是謝——謝利連摩……我電梯封閉……不，我被關在電梯裏了！快來救我出去去去去去去去！！！」

喂，我是艾拿！嗷嗷嗷嗷嗷嗷！

一把帶着奇怪口音的聲音吼道：「喂，我是艾拿！」

我嘟噥道：「艾——艾拿，我被關在一個電梯裏面，漆黑一片，我很害怕……」

以他慣有的奇怪的做事方式，艾拿打斷我：「你在哪兒？」

「呃，在妙鼠城圖書館的電梯裏面……」

接着，我就聽到一陣奇怪的叫喊：

「我來啦啦啦啦啦啦啦！嗷嗷嗷嗷嗷嗷！」

於是，我鬆了一口氣。

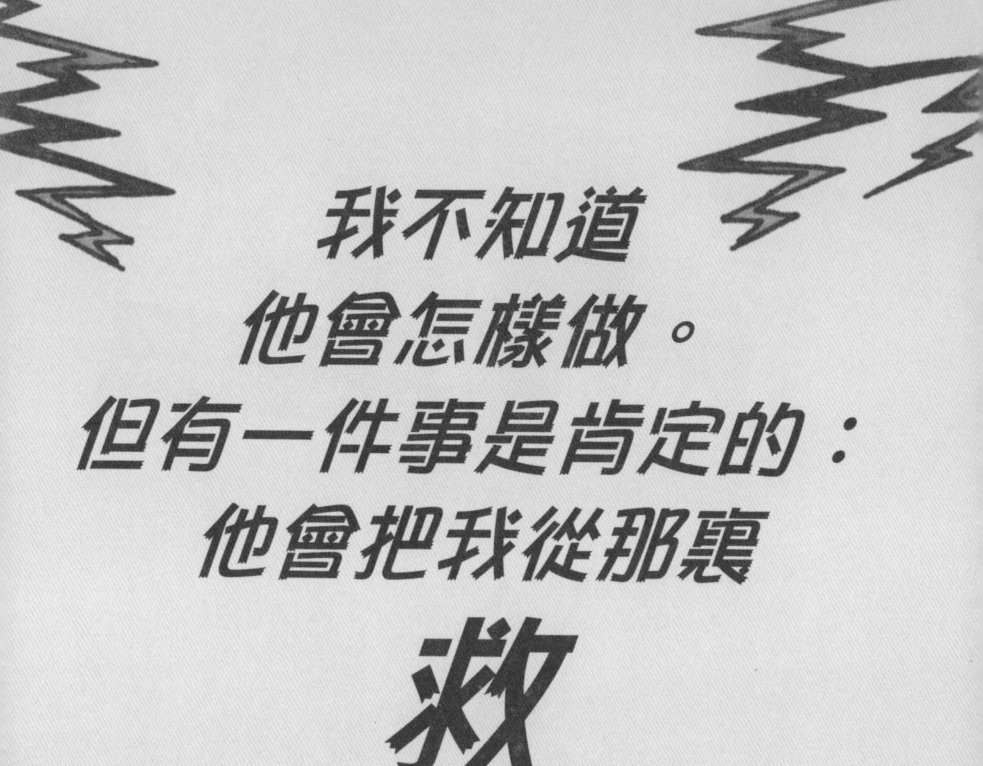

我不知道
他會怎樣做。
但有一件事是肯定的：
他會把我從那裏

救

出來。

很快的。
這一點我非常
清楚……

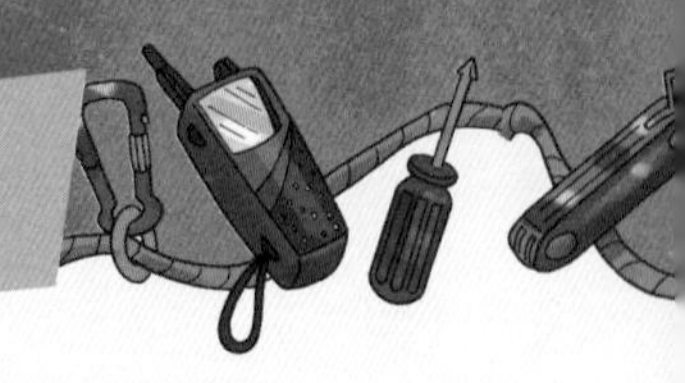

艾拿的多種面貌

他進行跳傘運動並「投身」到每一次的冒險中！

他一直致力於保護大自然！

他會駕駛帆船航行！

對他而言，任何山峯都不會太高！

他在任何情況下都能辨別方向，從來不會迷路！

他喜歡圍坐在篝火旁唱歌，跟朋友們開玩笑！

他有一個秘密——他喜歡讀詩集。

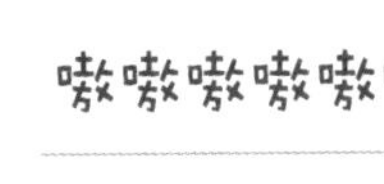

過了不久，**有老鼠**跑上樓梯，**有老鼠**用力地敲打電梯門，**有老鼠**呼喊道：「**一切都在控制之中**，啫哩!」

我小聲地問道：「艾拿，是你嗎？」

沒有任何鼠回答。電梯的門「吱吱嘎嘎」地作響。一道光線穿透黑暗，我半閉起眼睛。

陽光！空氣！自由！

接着，一隻如鋼鐵一般有力的手爪把我拉了出來，**有老鼠**在我耳邊喊道：「一切都還好吧，謝利連摩？」

我低聲用微弱的聲音回答道：「吱吱吱吱吱吱吱吱吱吱……」

然後，我**興奮得暈倒了。**

謝利連摩叔叔！
好！
總是會弄出事情來！

我原以為會把皮留在那兒！

那天剩下的時間我都待在家裏，恢復精神。

第二天，在辦公室，我對所有的鼠講述了我**糟糕**的經歷：「我是多麼地**害怕**啊！一個人，在電梯裏，黑漆漆的……我原以為會把**皮**留在那兒！」

菲歎氣道：「還沒到要被剝皮那麼危險。你只是在關着的電梯裏度過了一個**晚上**，這就是全部！」

賴皮**竊笑**道：「你還是那麼誇張，我的表哥。如果是我的話，那會是一個打鼾的好機會。這只是看事情的角度問題，知道嗎？」

只有艾拿在一旁保持**沉默**，彷彿在思考什麼。突然，他把**手爪**放在我的肩膀上，看着我的眼睛，嚴肅地低聲說：「告訴我，啫哩，為什麼你沒有立刻給我打電話？」

我坦白道：「事實上……嗯……我沒想到，我不知道這是怎麼發生的……」

他點點頭，彷彿這正是他想得到的答案。接着，他在我的耳邊尖叫：「我告訴你這是為什麼，啫哩！因為你太**緊張**了！因為你已

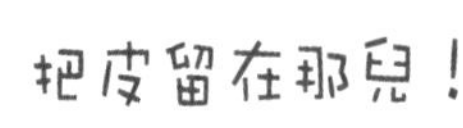

經**失去**了冷靜！因為你已經讓自己驚慌失措了！」

然後，他對我**耳語**：「一定要記住這些黃金準則：

準則一：總是要保持冷靜！
準則二：隨時保持警惕！
準則三：要適應！
準則四：學會辨別方向！

明白了嗎，***啫哩？***」

他在一本橙色的小冊子上潦潦草草地寫了一些注意事項，然後若有所思地將本子合起來……

接着，他跟我的妹妹**擊掌**（*為什麼？*），向我的表弟擠**眼**示意（*為什麼為什麼？*），對班哲文**示意**讓他不要擔心（*為什麼為什麼為什麼？*）。

他低聲說：「我知道你需要的是什麼。」

最後他大聲叫道：「你會看到我為你準備了什麼！**走着看吧，走着看吧！**」

他抓住我的尾巴，沿着樓梯，把我拉到《鼠民公報》辦公室的樓頂，那裏有一架橙色的**直升機**在等我們。我不想上去，但是他用力地把我弄了上去！

一個有很多很多很多沙子的地方

艾拿遞給我一副跟他的太陽眼鏡**一模一樣**的太陽眼鏡。

「戴上它！在座位下面你會找到適合這次旅行的衣服，還有一個背包，裏面裝着**去**這個地方所有的必需品。」

我擔心地喊道：

「是嗎？但是我們要去哪裏呢？」

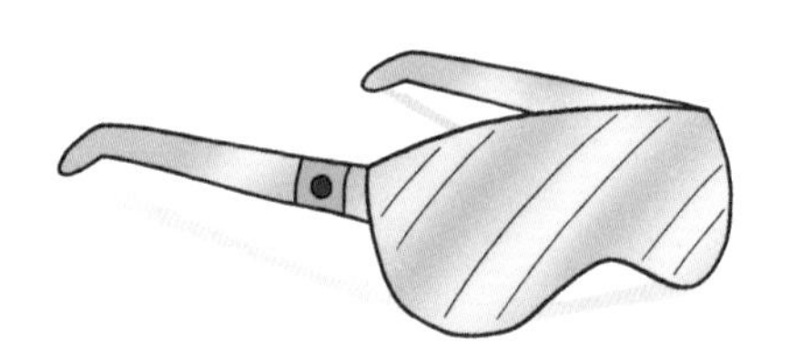

成為會員可享多項 **精選優惠**，其中包括：

- 到指定門市及書展可獲購書優惠
- 最新優惠及活動資訊
- 參加有趣益智的書迷活動
- 收到會訊《新雅家庭》

★請填妥此表格並郵寄至新雅文化事業有限公司市場部（地址載於背頁）★

姓名：＿＿＿＿＿＿＿＿＿＿＿＿　性別：＿＿＿＿

出生日期：＿＿＿＿年＿＿＿月＿＿＿日　年齡：＿＿＿＿

日間聯絡電話：＿＿＿＿＿＿＿＿　傳真：＿＿＿＿＿＿＿＿

學校：＿＿＿＿＿＿＿＿＿＿＿＿＿＿＿＿＿＿＿＿

電郵：＿＿＿＿＿＿＿＿＿＿＿＿＿＿＿＿＿＿＿＿

職業：□ 學生　□ 家長　□ 教師　□ 其他＿＿＿＿＿＿

教育程度：□ 小學以下　□ 小學(＿年級)　□ 中學(F.＿)
□ 大專　□ 其他＿＿＿＿＿＿＿＿

從哪本書獲得此書迷會表格：＿＿＿＿＿＿＿＿＿＿

地址(必須以**英文**填寫)：＿＿＿ Room(室)　＿＿＿ Floor(樓)

＿＿＿ Block(座)　＿＿＿＿＿＿＿＿＿＿ Building(大廈)

＿＿＿＿＿＿＿＿＿＿＿＿＿＿＿＿ Estate(屋邨/屋苑)

＿＿＿ Street No.(街號)　＿＿＿＿＿＿＿＿＿＿ Street(街道)

＿＿＿＿＿ District(區域)HK/KLN/NT* (*請刪去不適用者)

以上會員資料只作為本公司記錄、推廣及聯絡之用途，一切資料絕對保密。

PLEASE
STAMP HERE

請貼上郵票

新雅文化事業有限公司

新雅書迷會
Sun Ya book Club

香港筲箕灣耀興道3號

東匯廣場9樓

www.sunya.com.hk　查詢電話：（852）29766559

他竊笑道：「來吧來吧，我們來做個小遊戲，看一下你能不能猜得到。想像一下，一個有很多很多很多沙子的地方……」

我抱着一點希望，嘗試着説：「一片海灘？」

他笑了，「真不錯，啫哩，一片海灘！」

我試着**猜測**道：「翡翠海岸？南海的一個島嶼？馬爾代夫？」

他冷笑道：「更加更加更加地**大**，有約900萬平方公里！那裏非常非常非常的**熱**，在陰影的地方有60攝氏度！而且非常非常非常的**乾燥**，從來都不下雨！」

我有點懷疑了。

「但是這樣的**海灘**是不存在的……」

他笑破了肚皮。

「並且你會看到陽光是多麼燦爛，你可以在那兒做日光浴……做到**尖叫！**」

我猜不到，艾拿笑得差點窒息了。他深吸了一口氣，說道：「那裏有很多很多很多的**單峯駝！**」

我睜大眼睛，「對不起，這跟單峯駝有什麼關係呢？」

他開始**捧腹大笑**，直升機隨着他的笑聲上下擺動着。

上下……上下……上下……上下……上下……上下……上下擺動着。

「跟單峯駝絕對絕對絕對有關係！」他試着想說話，但是沒有成功，因為他已經笑得直捧着肚子，只能斷斷續續地說道，「那兒……看那兒……那些就是單峯駝……」

在我們下方，是一片非常遼闊的沙漠……

非常非常非常**廣闊**……

非常非常非常**熱**……

非常非常非常**乾燥**……

還有很多很多很多的單峯駝……

他譏笑道：「看到了嗎？多了不起的海灘啊！」

那根本不是什麼海灘，而是

撒哈拉大沙漠！

「我擔保過會有讓你尖叫的日光浴！」艾拿繼續說道，「如果你不把防曬霜一直塗到鬍子尖兒的話，你會因為*曬傷而尖叫*的！記住，這裏需要**一千倍的防曬措施！**」

「但……但是，一千倍的防曬措施根本不存在啊！」

「說得完全正正正確！要盡可能的讓自己待在陰影裏，否則你會變成**烤老鼠**！現在，準備一下吧。我要為你準備一些**測試！**」

沙漠

什麼是沙漠：

沙漠是一個幾乎無人居住的區域，這裏長年不下雨，這裏的土地十分乾旱，不能進行耕種。

有一種熱荒漠，主要是由強風造成的岩石或者沙粒組成的，地表是典型的沙丘形態。

還有一種冷荒漠，例如在格陵蘭、北極和南極洲，有一種由廣闊無邊的冰雪組成的地貌，那裏真的是非常的寒冷！

撒哈拉

撒哈拉是世界上最廣闊的沙漠：它位於非洲北部，總面積約為 900 萬平方公里。

這是一片非常廣闊的布滿沙子的區域，有時會在沙子上發現古老河流的痕跡（乾谷），每當下雨的時候（基本上很少會發生！），裏面會注滿了水。有些地區，水從地下滲到地面上，形成了植被豐富的地區——*綠洲*，沙漠上的部族例如圖瓦雷克族，就是生活在綠洲地區的。

這是一個遊牧民族，從事農業和畜牧業生產。圖瓦雷克族很容易辨認，因為為了保護自己不被太陽曬傷，他們戴着一頂特殊的藍色帽子，穿着阿拉伯長袍，那是一種用彩色的布料做成的！袖子很寬的長袍。

測試！！！

艾拿宣布道：「不錯不錯不錯，現在我要為你進行一些測試，很快你就會成為一隻**真正的老鼠！**」

我的鬍子因為擔心而抖動着。

「我不需要成為一隻**真正的老鼠**，我喜歡我現在這個樣子！」

他搖搖頭，決定道：「這就是你錯的地方：像你這個樣子……你就是個膽小鬼！如果說誰迫切地需要成為一隻**真正的老鼠**，那就是你，啫喱！一切交給我吧！**看你以後會多麼地感激我……**」

「現在，去進行你的第一號測試吧！」

成為真正老鼠的第一號測試

艾拿揪住我的襯衫領子，説道：「噢噢噢，這裏有什麼？看哪看哪看哪……一隻**蠍子！**」

我發出尖鋭的叫聲：「一隻蠍蠍蠍蠍蠍蠍蠍蠍蠍蠍……蠍子？救救救救救救……救命啊！」

但是艾拿輕鬆地拿着蠍子在我眼前晃來晃去，嘲笑道：「是橡膠做的！」然後很嚴肅地補充道：「**準則一：總是保持冷靜！**如果這是一隻真的蠍子，你早就變成貓的美餐了！」

當我剛從**恐懼**中恢復過來，就開始追趕他：「讓我抓到你的話，我會讓你看看我是多麼的冷靜！」

成為真正老鼠的第二號測試

為了逃避我的追趕，艾拿跑上了最高的一座**沙丘**，沙子像滑石粉一樣細。

沒幾步他就爬到了沙頂，並且在那邊催促我：「加油，啫哩，我希望你強點強點再強點！舉起那隻手爪，**跳啊！跳啊！跳啊！**」

然而，我陷在沙子裏面只能吃力地前進着。當我好不容易到達丘頂的時候，艾拿把我絆倒了，他說道：「我這樣做都是為你好，**看你以後會多麼地感激我……**」

最後，當我滾下沙丘的時候，他叫道：「不行不行不行！你沒有通過測試，你忘記了**準則二：隨時保持警惕！**」

成為真正老鼠的第三號測試

當我摸索着從沙子裏面爬出來的時候，艾拿已經從沙丘上**下來**了，他抱怨道：「你不能失去冷靜！」然後他遞給我一塊乳酪，「現在……吃了它！我這樣做都是為你好，**看你以後會多麼地感激我……**」

我正要*真心實意*地向他表示感激時，我突然發現……乳酪裏都是**蠕蟲**！

我扔掉乳酪，嘔吐起來。

艾拿搖搖頭，「不行不行不行！你沒有通過測試，你忘記了**準則三：要適應！**如果有帶蠕蟲的乳酪可以吃，那就吃掉帶着蠕蟲的乳酪！」

成為真正老鼠的第四號測試

第二天早上，我在黎明時分醒來。

我伸展四肢……撓了撓鬍鬚……然後我心中一驚：帳篷裏只有我一個！

我只找到艾拿留下的紙條，上面寫道：

第四號測試：到綠洲跟我會合！
（向東步行兩個小時，然後一直往西……
看你以後會多麼地感激我！）

感激他？我想都不會想！我怎麼才能一個人在這個沙漠中擺脫困境呢？**綠洲**在哪裏呢？我沒有別的選擇，只能背上背包出發了。

我像陀螺一樣團團轉地度過了一天。我嘗試着去辨別方向，但是我找不到參照物！

在沙漠裏沒有樹，沒有道路，也沒有房

子，只有

沙子……沙子……沙子……沙子……子……沙子……沙子……沙子……

當太陽下山的時候，我注意到地上有一樣很熟悉的東西。我把他拿在手裏，發現……那是我的**手帕**！

也就是說我曾經路過這兒！

我永遠也不會到達綠洲了！

我開始哭泣：「我迷路了！我害怕……非常**害怕！**」

幸運的是，艾拿從一個沙丘後面跳了出來，他說道：「不行不行不行！你沒有通過測試。記住**準則四：學會辨別方向！**」

成為真正老鼠的第五號測試

艾拿把我帶到綠洲，來到一棵樹下。

「你想問我為什麼把你帶到這裏，是嗎？」

「嗯，好吧，那你為什麼要把我帶到這裏來呢？」

他笑道：「現在，我給你一條像金子一樣寶貴的建議，謝利連摩，站住**別動**並且保持**安靜！**」

我正要問為什麼要我站住不動並且保持安靜，這時我聽到一陣**嗡嗡聲**。

一秒鐘之後，我被蜜蜂羣罩住了……沙漠裏的蜜蜂？真**奇怪**啊！並且到處都是蜜蜂！這些蜜蜂飛過我的耳朵、我的鬍鬚，還有我的鼻子尖！

蜜蜂在我的眼鏡上，蜜蜂在我的肩膀上，蜜蜂在我的領子裏面，蜜蜂在我的脊柱上。

蜜蜂 蜜蜂 蜜蜂 蜜蜂 蜜蜂 蜜蜂 蜜蜂 蜜蜂 蜜蜂 蜜蜂

真是一場噩夢啊！

艾拿啟動了一個精密計時器：「你真是幸運啊！你有一個惟一可測量你冷靜的機會。我會測量在你尖叫之前你可以堅持幾秒鐘。準備好了嗎？啫哩！看，我開始計時了……一……二……三……四……祝賀你，你真是讓我刮目相看啊……九……

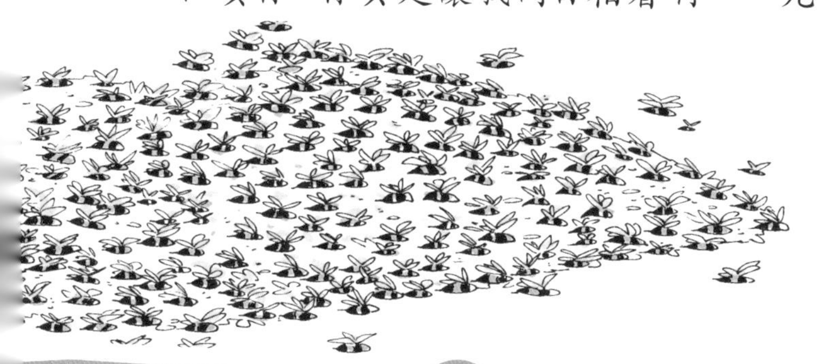

九……十……
噢唷！
救命命命！！！

十……真奇怪，你怎麼還沒有叫出來呢？十五……十六……啊哈，我跟你説過嗎，一旦**你**叫出來，**牠們**會立刻去螫你？二十……二十一……二十二……」

然後，艾拿失望地低聲嘟噥道：「嗯，你不尖叫嗎？」

我不叫，因為我不想自己被蜜蜂**螫**，但是他喊道：「那麼我就讓測試再猛烈一點！」

接着，他笑嘻嘻地搖晃灌木直到蜂窩掉到我頭上來！

那些蜜蜂開始生氣地追趕我，

嗡嗡嗡嗡嗡嗡嗡嗡嗡！

我以驚人的速度向綠洲的湖邊跑去並一頭扎進湖裏，這時艾拿叫道：

「真了不起啊啊啊啊啊！

創紀錄了：100米只要9秒鐘！」

沙漠裏的蜜蜂

可能聽起來很奇怪，但在撒哈拉沙漠的一些並不缺水的綠洲地區，那裏盛開着刺馬甲子。這是一種多刺但生命力很頑強的植物，在那裏蜜蜂可以生存並且能產出口味濃厚的蜂蜜。

太熱啦！

我拖着疲憊的身軀回到帳篷，一頭倒在吊牀上，睡意很快地向我襲來了。

不幸的是，那個夜晚（像沙漠裏所有的夜晚一樣**冷極了**！），持續的時間非常短暫。

我似乎剛**睡了**五分鐘，就聽到一聲喊叫把我驚了起來，「啫哩！起來，快起來！」

「這……這是在哪兒？」我結結巴巴地問道。

不幸的是，我很快明白了我在哪裏：在沙漠裏，跟艾拿一起……我走出帳篷，正在這個時候，太陽在萬里無雲的天空中升了起來。「多麼美的景色啊！」

在沙漠中生存的裝備

治療被蛇和蠍子咬傷的包紮用品

汗水流失過多時使用的礦物鹽

藥水膠布

太陽眼鏡

朱古力
（用來補充能量）

遠足靴

防曬霜

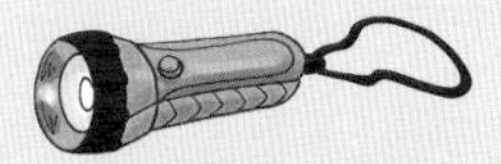
手電筒

遮陽帽

熱水瓶

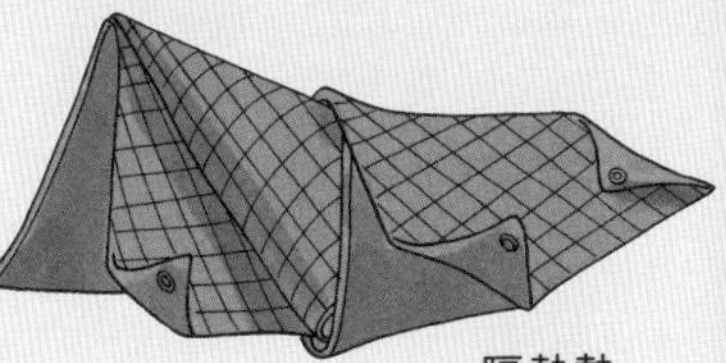
隔熱墊

不幸的是，那一刻的平靜太過短暫。艾拿立刻在我耳邊**叫**道：「啫哩，景色看完了！現在是時候用一點體操來給你的**小肌肉**做一下熱身了！」

我們開始熱身，我們已經夠熱的了！

加油，啫喱！
哎呀！

隨着艾拿教我做的動作越來越難，沙漠裏的溫度也越來越高。

過了一小時之後已經相當**熱**了！

過了兩個小時之後無疑地已經非常**熱**了！

過了三個小時之後已經特別特別的**熱**了！

過了……我已經記不得了！

我的小腦袋已經融化了！

然而艾拿一整天都在繼續着他對我的**訓練**，即使當沙漠的烈日垂直地照射在我們頭上的時候。他讓我做體操，做仰卧起坐練習、越野跑、障礙跑、舉重，還有……*不許吃飯！*總之，他讓我的胃空着！

同時，他還敦促我：「加油，啫哩！你是一隻**真正的老鼠**還是一塊**軟乳酪？**」

我竭盡全力讓自己不像一塊軟乳酪，烈日

卻毫不憐惜地炙烤着我！

我被曬得如此厲害以至於那天結束的時候，艾拿看着我曬傷的臉立刻捧腹大笑：「真不錯，啫哩！你有進步，你不再像塊軟乳酪了，而是像……一塊

烘烤過的軟乳酪！」

在我拖着疲憊的身子往帳篷走去的時候，為了安慰我，艾拿向我承諾，第二天會給我一個驚喜。帶着這個希望我漸漸進入了夢鄉。

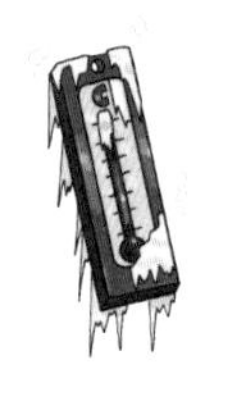

太冷啦！

在第二天的黎明時分，艾拿用他慣有的喊叫把我叫醒了：**「啫啫啫啫啫啫哩！起來！**快起來！我有一個驚喜要給你：出發啦！」

終於，我們要離開這片炎熱的沙漠了。我興高采烈地把睡袋疊好，扣好書包並背到肩膀上。我希望我的厄運已經結束了，但是我錯了……

唉，我錯得真是離譜啊！

我的思緒被引擎的轟鳴聲打斷了：艾拿已經在橙色**直升機**上等我了。

我登上飛機的時候，艾拿竊笑道：「我們來玩一個小遊戲吧，看你能不能猜到我要帶你到哪裏去。我敢打賭說你一定很熱吧，嗯？」

「你說得真是太對了！我已經不能忍受這**噩夢**般的炎熱了！」

接着，艾拿提議道：「那麼，你比較喜歡一個**涼爽**一點的地方啦？」

「嗯，是的，我喜歡！」

他堅持道：「你喜歡*非常非常非常涼爽*的地方？很涼爽，涼爽到不能再涼爽的地方？」

我很不謹慎地回答道：「嗯，對的，越涼爽越好。」

艾拿滿意地搓搓手爪，「我來幫你猜吧。那是一個*非常非常非常*遙遠的地方……*很少很少很少的***居民**……*很大很大很大的***風**……」

「嗯，我實在是猜不出來。好吧，艾拿，告訴我，你要把我帶到哪裏去？我們要去哪裏？」

艾拿滿意地吼道：「雪山……冰河……零下四十度……**北北北極極極！**」

我尖叫道：「北極？那麼我寧願待在這裏。」

艾拿啟動引擎，「不，我親愛的啫哩，一隻**真正的老鼠**不會像風一樣，每五分鐘就改變主意。既然你已經說過你喜歡涼爽的地方，那我們就去涼爽的地方！」

那是一次令人筋疲力盡的旅行：直升機之後換乘飛機，然後乘坐破冰船，接下來又乘坐直升機……

在這所有的時間裏，艾拿一直向我傳授如何在零下四十度生存。

有一次，他囑咐我說：「記住，啫哩，盡量不要出汗，否則汗水會在你的身上結冰的！」

抓絨面料的管式圍巾

防水防寒的滑雪手套

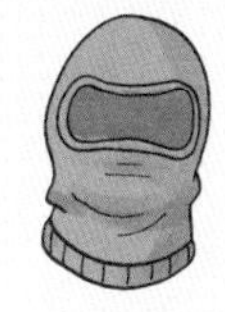
防寒保暖的登山帽

氯丁橡膠霜

防水透氣面料的外套

三層厚的羊毛衫

耳罩

防風、防霧的太陽眼鏡

防水的管式尾巴罩

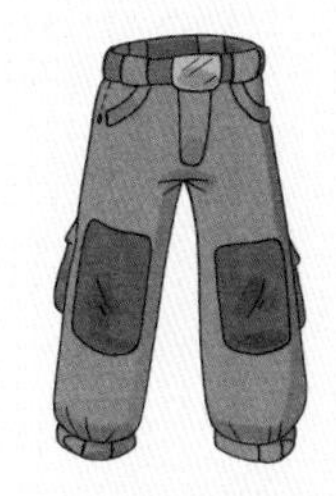
防水透氣面料的褲子

登山鞋

厚的羊毛襪

球拍形雪鞋

在北極 生存的裝備

我抗議道：「我要回家，坐在我的扶手椅上，我肯定不會出汗……」

「不，那樣子就太簡單了！你需要自制力！不過放心吧，讓我來教你如何生存，啫哩！」

然後他讓我穿上極地裝備：全部都是三層的，從帽子到襪子！當我終於從直升機上下來時，我看上去像一個熱氣球，我被包裹得如此厚實以至於我幾乎無法移動了。

我看看四周：我處在一個寒風席捲、無邊無際的冰天雪地之中。我們正在一個大浮冰羣*上。很冷，非常的冷，一種獨屬於極地的冷！

艾拿喊道：「啫哩，你塗過氯丁橡膠霜*了嗎？」

*大浮冰羣：是指在極地地區覆蓋在海洋上的一塊冰層。

*氯丁橡膠霜：一種藥膏，可以隔絕寒冷並且防止由於寒冷而造成的皮膚皸裂。

「霜，什麼霜？」

「用來防風的，我可不想你的鬍子被凍起來！」

「但是我真的……」

「太糟了，啫哩，他們可能會碎成粉末的……」

我非常擔心。由於緊張，我開始覺得我的額頭還有背上有汗水流出來。艾拿審視着我，「啫哩，你不是在出汗吧？」

「為……為什麼？」

「因為你可能會像大西洋鱈魚那樣被凍起來！順便問一下，你有沒有戴上那個用極性微纖維製成的防水管式尾巴罩？」

「什麼？」我問道。

「也就是說你沒有戴啦！糟糕，太糟了，啫哩，你的尾巴可能會被凍起來喲！你不希望它**掉下來**，對吧？」

我要回家啊啊啊啊！！！
加油，啫哩，樂趣就要開始了！！

我的鬍子開始由於**緊張**而抖動着……

「我很愛惜尾巴的！」

我惱怒地喊道：

「這裏太冷了！我要回家！」

艾拿拍了一下我的肩膀：「加油，啫哩！**樂趣**就要開始了！」

「*樂趣*？什麼*樂趣*？」

「我們將會到達……**北極**！想想看多有*樂趣*啊！拉着載有裝備和乾糧的雪橇在冰上行進100公里、搭帳篷、拆帳篷、煮飯，在這個冰天雪地裏就我們兩個……我們會一直向北行進，直到**GSM***微型探測器告訴我們已經到達北極位置。你高興嗎？」

為了節省力氣，我甚至沒有回答他就立刻開始靜靜地**前行**了，我盡量不讓自己出汗。

＊GSM：一個全球移動通信系統，可提供語音服務，並可提供相關資料查詢。

我想：越早到達北極，我們就能越早地離開這個**噩夢**般的地方！

那是一次非常艱難的行程：持續了一天又一天，就好像永遠也不會結束一樣……

直到第七天太陽下山的時候，GSM響了：

我們到了！

「太好了，啫哩，你沒讓我**失望**，我很**滿意**！」

不久之後，引擎聲在我們頭上轟鳴：直升機來接我們了。

太大的叢林！

在旅途中，我全部時間都在睡覺。

我僅僅注意到交通工具的改變：直升機、輪船、飛機、火車，又是輪船，又是飛機。

多麼神奇的旅程啊！

在我昏昏欲睡的時候，我聽到艾拿用很遙遠的聲音跟我講着著名的**老虎**、**叢林**、**沼澤**，有毒的**蛇**……我根本沒聽懂他所說的。我累壞了，根本無法保持清醒……

只有當艾拿在我耳邊喊叫時我才徹底地清醒過來。

「所有所有所有的事情你都聽懂了嗎？記

叢林生存裝備

小瓶抗蛇毒血清

水壺

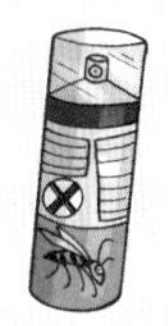

驅蟲噴霧

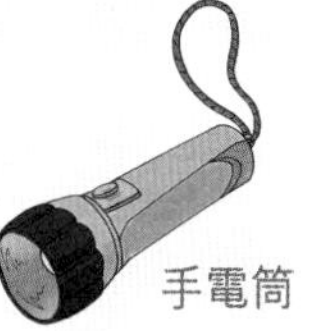

手電筒

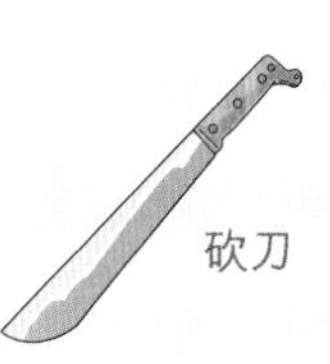

砍刀

雨衣

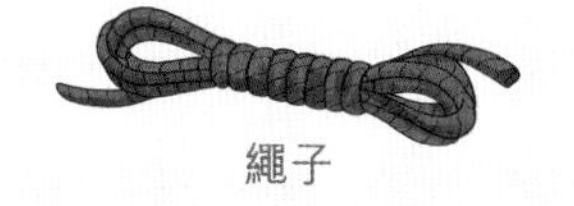

繩子

熱帶雨林

熱帶雨林是熱帶地區的典型植被，是由高大的樹木、茂密的灌木以及藤本植物緊密纏繞而形成的。

典型的季候風氣候給熱帶雨林地區帶來的豐沛雨水，使得這一植被得以生長。

在這區域，動物的食物總是很充足的。

在叢林中最好穿戴輕便的服裝，並隨身攜帶生存工具包，帶少量基本的物品！

住，如果你想活着的話，就把我跟你講過的應用到實踐中去！現在出發吧！那會很有**樂趣**的！」

然後，他推了我一把，我跳到了**空中**！我似乎下落了很長的時間，直到我摸索到一條

小繩子，然後……拉了下去！

降落傘有力地打開了，減緩了我下落的速度。

在風中搖擺的時候，我看着下面的樹木越來越近了，近了，近了，近了，近了……

那是一片茂密的樹林……然而，不……

那是片

熱帶雨林！

為什麼我沒有仔細地聽艾拿的講解？我如何在這片原始得不能再原始的雨林中**生存**啊？

我終於有時間思考了：**喔噢，我好像遇到麻煩了。**我的降落傘被纏在一棵大樹的**樹枝**之間。

我快速看了一下周圍的情況：我處在一個無人居住的雨林之中，降落傘被卡在一棵很高的樹上面。

然後我叫道：「救命啊！我不想像塊乳酪般的待在這兒持續發酵！」

我遇到麻煩了，遇到大麻煩了！

接着，叢林裏響起了恐怖的聲音……我害怕得鬍子抖動着！

起初，我似乎聽到了頜骨張開和關閉的聲音……

咔嚓……

咔嚓……

或許那就是，傳說中飢餓的**鱷魚**那致命的牙齒發出的聲音？

然後我聽到了**老虎**巨大的咆哮聲……

「吼吼吼吼吼吼吼！」

可能是一隻飢餓至極的馬來西亞虎，專吃老鼠？

最後我被一羣**昆蟲**包圍了……

嗡嗡嗡！嗡嗡嗡！

嗡嗡嗡！嗡嗡嗡！

嗡嗡嗡！

嗡嗡嗡！

或許是外來的有毒的奇怪昆蟲？

太嚇人，太恐怖，太危險了！

我用喉嚨裏所有的聲音大聲喊道：

「救命啊！誰來救救我！」

忽然，我聽到附近的葉子裏傳來的聲音，我想：艾拿來救我了！

但是，從葉子裏伸出來……一張毛絨絨的臉！兩隻圓圓的眼睛……一個凸出的鼻子……可憐的我啊，那不是艾拿：那是一隻猩猩！

我遇到麻煩了，遇到大麻煩了！

這時，猩猩開始把我抱在懷裏「輕輕」地搖晃，我被搖晃得如此厲害以至於開始暈眩了！

這時我明白過來：這是一隻**母猩猩**，牠把我當成牠的小寶寶了！

我抗議道：「對不起，嗯……女士……可能有點誤會。我很抱歉令您失望了……但我不是您的兒子！」

牠困惑地看了我一眼，然後開始用指甲在我頭上的皮毛之間**翻**動。

牠像猩猩之間常做的那樣，梳理着我的毛髮，可憐的我啊！

我**厭煩地**抗議道：「您怎麼可以這樣？我沒有**蝨子**，我不是一隻猩猩，尤其不是您的兒子！」

但牠像什麼也沒有聽到一樣，繼續梳理着我的毛髮，在我的**皮毛**間這裏翻翻，那裏翻翻。

然後，我憤怒地爆發了：「夠啦！可憐可憐我吧，別煩我啦，我想回家！」這時，牠嚴肅地看着我，然後用牠兩隻巨大的爪子揍我的**屁股**。牠以為我在發小孩子脾氣！我失望極了，放聲大**哭**起來：「救命！放我下來！我要下來！」

為了撫慰我，牠讓我吃了一整串的爛香蕉。

可憐的我啊！

幸運的是，在我無法忍受的時候，艾拿從樹叢中跳了出來：「啫哩，永遠不要信任一隻猩猩！你不知道牠可能會**碾碎**你的小腦袋嗎？」

我結結巴巴地說：「碾——碾碎……？」

然後我**暈**了過去。

黑暗，太黑了！

當我醒來的時候，我已經再次坐在直升機上了。艾拿把我搖醒：「醒一醒，啫哩！你並不是真的有**危險**，我當時就在你身邊，隨時準備救你。」

他拍拍我的肩膀，接着說：「你真是一塊軟乳酪啊，**啫哩！**但是不用擔心，再過幾天我會把你變成一隻**真正的老鼠**的！把自己交給我吧，啫哩！」

「好——好吧，我們再說吧……但是你現在是要帶我去哪兒呢？」

「那是一個把你最害怕的東西變成現實的地方：一個**岩洞！**」

岩洞生存裝備

岩洞

岩洞是天然的地下洞穴（也有人工的），是由於岩石被腐蝕和侵蝕而形成。

雖然它們經常被原始人作為避難的場所，但是岩洞確實是一個很少有人到訪的地方。

通常來說，岩洞裏面很冷，很潮濕，還有無盡的黑暗！

洞穴學是一門研究岩洞的科學，研究它們的起源和特徵。要探索一個岩洞，要時刻裝備好……就像謝利連摩那樣！

＊PVC：聚氯乙烯，一種廣泛使用的塑膠材料。

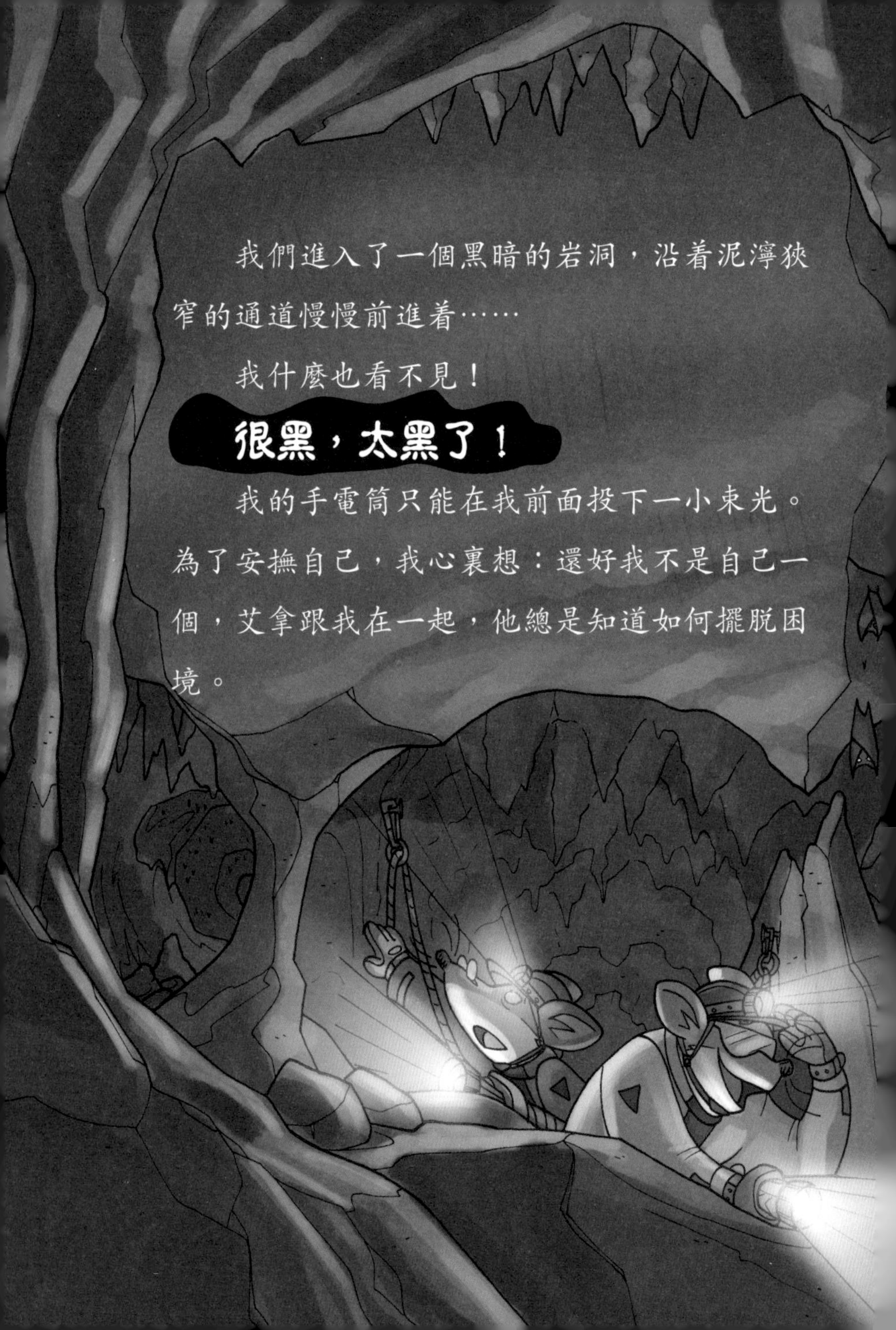

我們進入了一個黑暗的岩洞，沿着泥濘狹窄的通道慢慢前進着……

我什麼也看不見！

很黑，太黑了！

我的手電筒只能在我前面投下一小束光。為了安撫自己，我心裏想：還好我不是自己一個，艾拿跟我在一起，他總是知道如何擺脫困境。

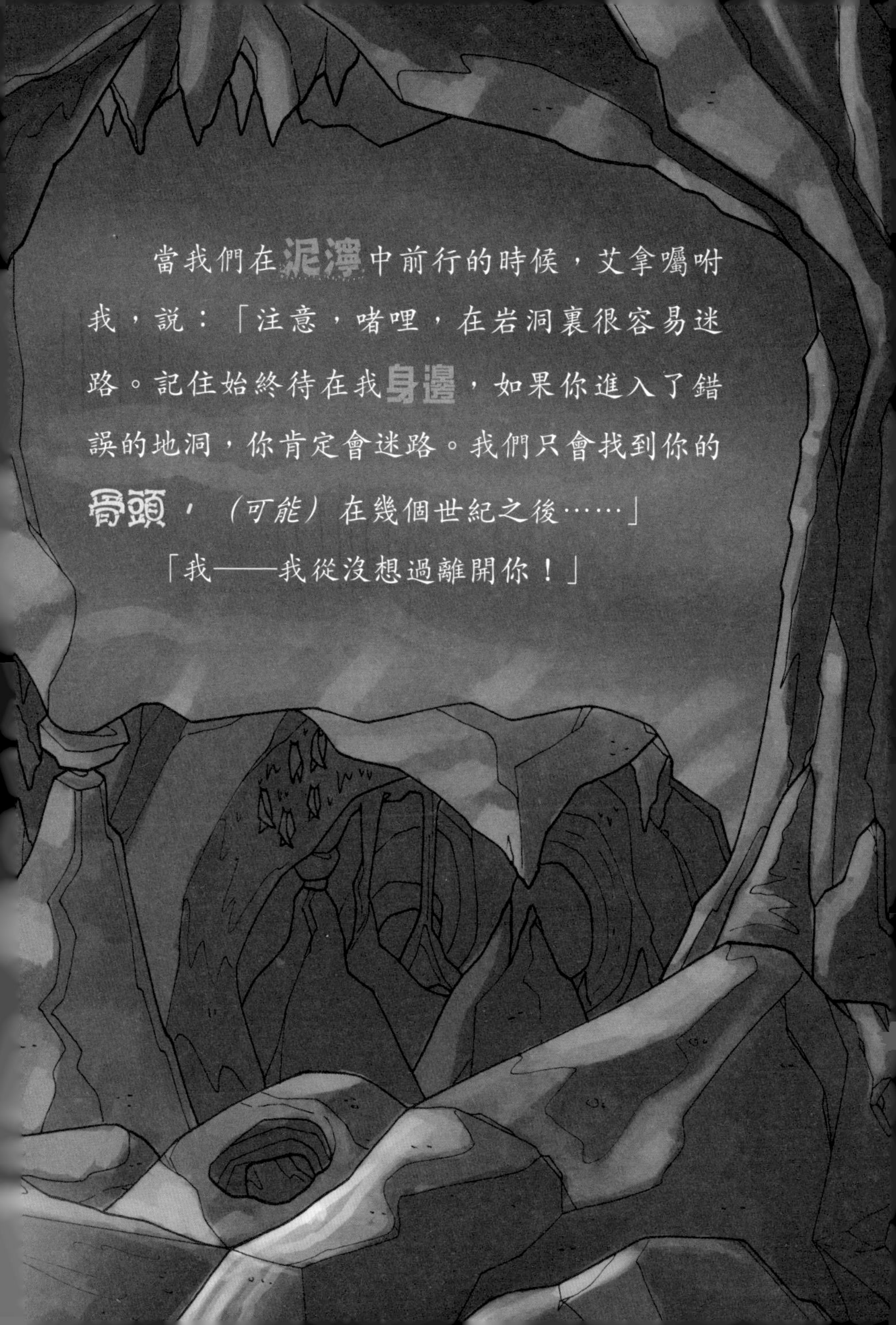

當我們在**泥濘**中前行的時候，艾拿囑咐我，說：「注意，啫哩，在岩洞裏很容易迷路。記住始終待在我**身邊**，如果你進入了錯誤的地洞，你肯定會迷路。我們只會找到你的**骨頭**，*（可能）*在幾個世紀之後……」

「我——我從沒想過離開你！」

「還要非常注意你的**手電筒**。不能丟掉，而且絕對不能讓它熄滅，否則你會變成一隻死老鼠！我們只會找到你的**骨頭**（*可能*）……」

「我沒有，而且是絕對沒有想過鬆開手電筒……」

「非常好，啫哩。順便問一下，你帶了那個裝有備用電芯的小袋子了嗎？」

「什麼**電芯**？什麼**小袋子**？什麼**備用？**」

由於激動，我猛然站起來，腦袋撞在一塊鐘乳石上面，頭盔上的頭燈一下子滅掉了。接着，裝有備用電芯的小袋子從我的口袋裏掉了出來，沿着旁邊的一個地洞滾了下去。

過了一會兒，我發覺有什麼地方不對勁：太**安靜**了。

只剩下我一個了！
單獨的一個！
我很害怕！
非常非常非常地
害怕！

地道裏沒有任何鼠。

我害怕地尖叫起來：「**艾拿，你在哪兒？**」

寂靜一片。沒有任何回應。

我在岩洞裏迷路了！

然後，我做了我所能做的最愚蠢的事情：我開始在地洞裏遊蕩……

我**遊蕩着，遊蕩着，遊蕩着，遊蕩着，**

我一邊尋找出路一邊想：至少手電筒還……

還不等我想完，光就消失了。我很驚恐地想起來我沒有備用電芯了。

我馬上處在一片**黑暗**之中了。

一片無法再黑的黑暗之中了！

我蜷縮在一個小角落裏開始哭泣。為了給自己勇氣，我唱起了我**最喜歡的一首歌。**

我是一隻安靜的老鼠！

你知道的，我要保持安靜，
遠離冒險和暈船。
高興地待在家裏，
沒有被黏在雪櫃上的冒險，也沒有害怕！

我不是一隻超級鼠，我有一點膽小，
我甚至害怕一隻大黃蜂。
但如果你跟我在一起，
這個恐懼會很快消失！

如果你跟我說起貓，我會開始尖叫。
你會看到我害怕地逃跑。
但如果我們在一起，
我們會找到勇敢面對這「充滿危險」
的生活的勇氣！

過了一段在我看來無比漫長的時間之後（即使事實上只過了三個小時！），艾拿終於來接我了：他聽到了我的聲音！

他對我說：「不錯，啫哩，你**唱**得很好！否則我永遠也不會找到你，你的**骨頭**，**骨頭**，**骨頭**……」

他帶我到出口，然後一直陪我到帳篷裏。

我並不**累**。我只是已經**精疲力竭**了。

我把手爪伸進睡袋，並把睡袋拉到耳朵邊。

我陷入了深深深深深深深深的夢鄉之中……

太多的壓力！

然而幾分鐘之後，艾拿進入帳篷並把我叫醒。然後，他用盡一切可能的辦法使我失去**耐心**。

還有另外一個測試？

他讓我經受了非常巨大的壓力！！！

為了使我失去平靜，他把所有能想到的事情都講給我聽：他折磨我，說我是一塊軟弱的、愚蠢的、磨成糊的、醜陋的莫澤雷勒乳酪……

他這樣講了一個**小時**又一個**小時**又一個**小時**，直到我實在忍受不下去了。

壓力的十種程度

1
我捂住嘴，以為我就要爆發了……
2
呃！
我的小腦袋開始發熱……
3
噗噗噗！
我的耳朵開始冒煙，鬍子豎起來，皮毛像箭豬一樣……
4
嘣！
嘣！
上蹦下跳……
5
夠啦啦啦！！！
我忍不住尖叫起來

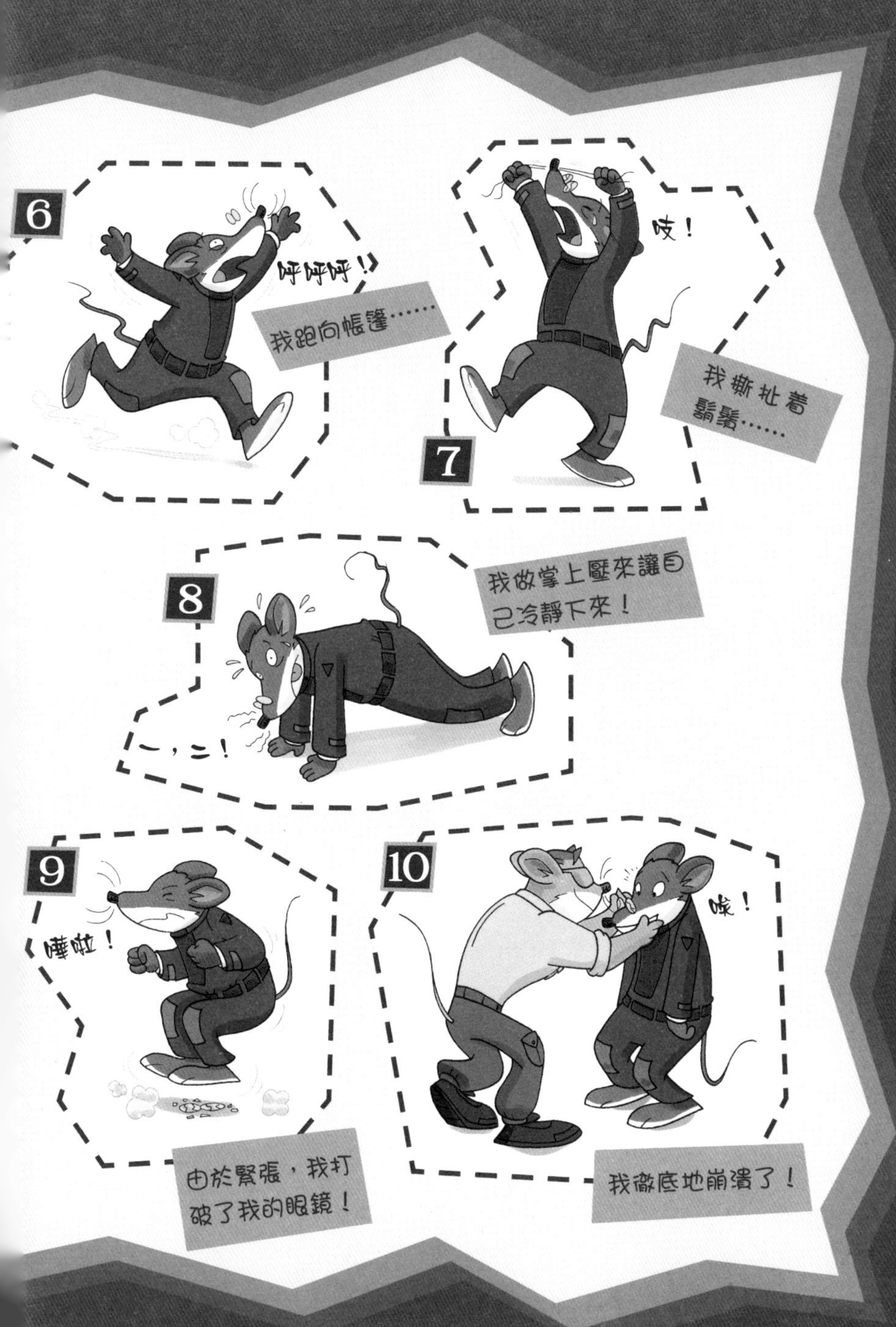
6
呼呼呼！
我跑向帳篷……
7
吱！
我撕扯着
鬍鬚……
8
我做掌上壓來讓自
己冷靜下來！
一，二！
9
嘩啦！
由於緊張，我打
破了我的眼鏡！
10
唉！
我徹底地崩潰了！

我盡量試着保持冷靜，但接下來我還是爆發了。

我沒有承受住壓力。

我崩潰了！

艾拿搖搖頭。

「你學到了很多，但是你的神經仍然有點小**脆弱**，嗯？放心，現在我們來永久性地解決這個問題。現在我來告訴你**為什麼**以及**如何**在任何情況下保持冷靜。這是我的私人方法，一直很有效。

記住艾拿的話，**嗷嗷嗷嗷嗷嗷嗷！」**

為什麼以及如何在任何情況下保持冷靜

他們使你生氣嗎？

你失去耐性了嗎？

你崩潰了嗎？

這就是艾拿提供的方法！

總是保持冷靜並站穩！

用乳酪擔保有效！

1. 深呼吸。
2. 做任何事情之前先數到十。
3. 嘗試着去弄清楚是什麼事情使你崩潰。
4. 問問自己所感到的憤怒或者恐懼，相對於自己所處的情況是過多還是過少。
5. 記住：在這個世界上沒有什麼事情是真正值得生氣的！
6. 現在你已經找到問題的所在了，尋找一個可行的解決辦法！

生存課程已經……

第二天的黎明，一陣叫喊聲把我喚醒：

「啫哩哩哩哩哩哩哩哩哩哩！」

我跳起來，然後跑出去，做好聽任何消息的準備。

這次等待我的會是什麼呢？

什麼樣的**危險？**

什麼樣的**緊急狀況？**

什麼樣的**冒險？**

艾拿手臂交叉着，在帳篷外等着我。

他盯着我看了很久。

然後叫道：「現在聽好了……

聽好了……

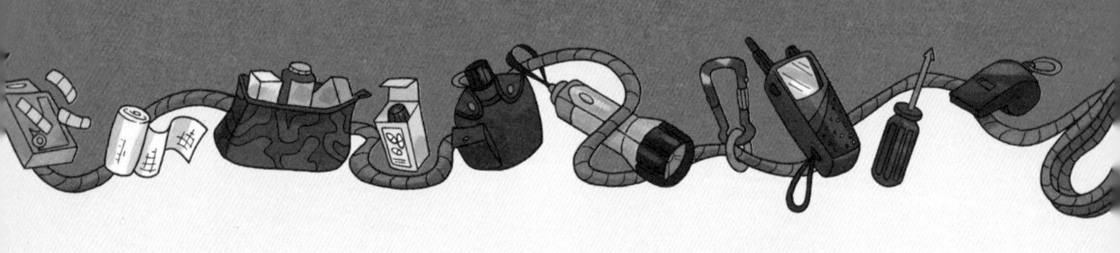

……生存

課程

結束了！

我呆若木雞。

「什麼什麼什麼？課程結束了？」

「是的！」艾拿回答道。

「再也沒有什麼寒冷了？」

「沒有。」

「再也沒有什麼炎熱了？」

「沒有。」

「再也沒有什麼艱難了？」

「沒有。」

「再也沒有什麼飢餓、乾渴、黑暗了？」

「沒有沒有沒有！」

他把一塊用紅色絲帶綁着的

掛到了我的脖子上。

然後，他第一次對我笑了，並說出了一個珍貴的詞語：**「幹得好！」**

我也僅僅用一個充滿感激的、真誠的、飽含情感的詞語回答道：**「謝謝！」**

真正的生存課程……
總是在隨時隨地！

艾拿拉了一下我的耳朵，然後給了我一張**紙**：「好好利用它，啫喱！會對你有用的！」接着，他向不遠處的一家旅館走去，在回妙鼠城之前我們會在那裏停留一段時間。

我連去閱讀那張紙的力氣都沒有了。

我**累極了**，我也到了旅館，然後向房間走去。

我爬進**浴缸**，將自己沉入熱水中，放鬆一下酸痛的肌肉。

同時，我也開始看艾拿交給我的那張紙：那是一張**學位證書**！

生存課程
學位證書

鑒於付出諸多努力來面對：

- 撒哈拉的酷熱！
- 北極的嚴寒！
- 雨林的恐怖！
- 岩洞的黑暗！

此證明謝利連摩．史提頓先生，綽號啫喱，已通過本生存課程考驗。

艾拿

不要忘記：

1. 沙漠教會你：無論你每天遇到什麼樣的或是多少問題都不重要，重要的是你要以正確的心態去面對它們！
2. 正如你在北極做的那樣，永遠不要妥協，要保持樂觀並且相信自己。
3. 生活是我們成長的機會，也讓我們去認識新的朋友，就像你在叢林中發生的事情一樣，呵呵呵！
4. 最後要記住：生活總是而且僅僅是擁有你所賦予它的味道！在岩洞裏唱歌僅僅是個開始！

總之，真正的生存課程……總是在隨時隨地！

我的鬍子激動地顫抖起來：我做到了！我通過課程了，還好總算都結束了！

當我還在想艾拿的時候，感到有點餓了……於是，洗完澡，我向客房服務點了一份餐點：加了四倍乳酪的意大利麪。

然後我小碎步地爬到牀上。

閉上眼睛，我低聲說：「我打一個**小盹兒**……就這樣，我要休息一下……

呼嚕…… 呼嚕…… 呼嚕…… 呼嚕……

呼嚕…… 呼嚕…… 呼嚕…… 呼嚕……」

我在二十四小時之後醒來。

看在一千塊莫澤雷勒乳酪的份上，睡得真爽啊！

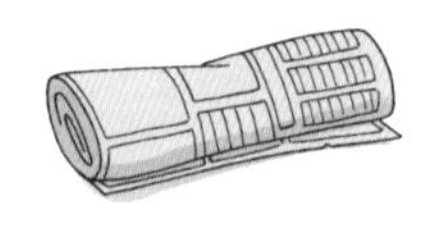

總而言之……因此……這就是……或許……

當天我們就出發了，第二天早晨我們回到了**妙鼠城**。

我決定立刻前往《**鼠民公報**》大樓辦公室。我向所有的老鼠**打招呼**……走進我的辦公室……

坐到辦公桌前……打開我的備忘錄……最後啟動我的電腦……

我又回到了平常的生活中！

我歎了口氣。

我經歷了多少**冒險**啊！

我經歷過**艱辛**，經歷過**恐懼**，很多次我都想我永遠也不可能做到了……

然而，現在回想起來……

總而言之……

這就是……

或許……

幾乎……

我不得不承認

這是

一次美妙的經歷！

這時候，就在這個時候，我辦公室的門打開了！

是我的妹妹菲！

我以為她是來問候我的，然而她擔憂地說道：「謝利連摩，你收到消息了嗎？」

我很吃驚。「沒有，什麼消息？」

菲打開電視機，裏面正在播報一則特別新聞。

播報鼠解說道：「最新消息！不久之前，老鼠島北部靠近海豚灣的地區遭到氣旋襲擊，然而現在我們還無法得知損失情況。我們會儘快為您提供後續報道。」

我跳了起來：情況很嚴重！必須有老鼠

做點什麼，並且要快！

就在這時，電話鈴聲響了，是**托帕名·榮譽鼠**，妙鼠城的市長。

「謝利連摩，我的朋友，我需要您的幫助。必須**做點什麼，並且要快！**遺憾的是我們沒有救援的工具！沒有直升機，沒有卡車，也沒有救護車……我們市政金庫裏沒有足夠的資金！我們老鼠島從來都沒遇到過這種**緊急狀**

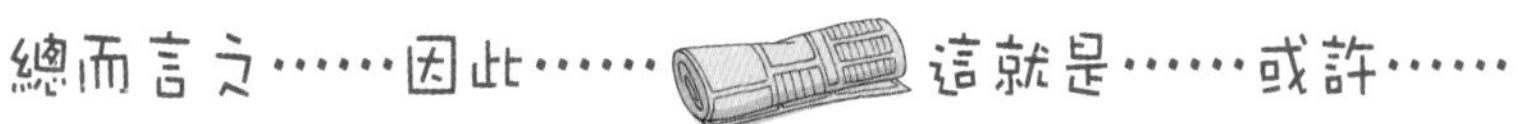

況！」

「市長先生，的確很可怕。但是……我確實不知道我能做點什麼來幫助您！我經營的是一份報紙，不知道如何應對緊急狀況啊！」

他回答說：「我明白，這不重要，我希望您……好吧，如果您想到什麼請一定讓我知道。」

我的精神受到了打擊。很遺憾我讓他**失望**了。剛放下話筒，我就沉重地趴倒在書桌上：我怎樣才能幫助他呢？需要做的事情都壓在一隻老鼠肩上，那太多、太沉重了！

菲也感到很**難過**。

然而我重新抬起頭……

什麼是熱帶氣旋？

氣旋跟雲、風、暴風雨一樣，是一種複雜的大氣現象，它以極快的速度旋轉前進，在前進的過程中產生巨大的吸力，吸附並摧毀它所遇到的一切。雖然它們具有破壞性，但從另一方面來講，它們在自然界中還發揮着另外一個重要作用——它們將熱能從熱帶地區運送到緯度更高的地區。

氣旋通常在熱帶地區形成，根據它的強度和形成的地理區域不同，叫法也有所不同。

颶風：是指大西洋中北部，尤其是墨西哥灣和加勒比海地區的氣旋，特點是每小時的風速可達到118公里/小時。

颱風：是指太平洋西部、南中國海範圍和亞洲東南部地區的熱帶氣旋。

在其他地區，它們則被簡單地稱為氣旋。

永不放棄！

如果說我從跟艾拿一起的冒險中學到了什麼，那就是——**永不放棄！**

我想：或許單獨一隻鼠能做的很少，但是很多鼠，大家一起能做的就**很多**！

於是我跳起來喊道：「我們能做到！」

我召集編輯部的同事來開一個**十萬火急**的會議。

幾分鐘之後所有鼠都氣喘吁吁、憂心忡忡地趕到了。我聽到他們在低聲議論着：「誰知道老闆要**講些什麼？**」

「肯定是發生了什麼**嚴重**的事情！」

「可能是有人偷吃光了他藏在辦公桌右邊抽屜裏的發酵乳酪？」

「或許是《**鼠民公報**》的銷量**下降**了？」

「或許是莎莉·尖刻鼠又惹麻煩了？」

「或許是他要告訴我們一個絕妙的主意？」

當大家都進入會議室之後，我跳上了椅子。

什麼？
這不可能！

我們必須行動起來！
……一個氣旋！
怎麼辦？
真的嗎？

「朋友們，我叫你們來是因為發生了很**嚴重**的事情。」

接着，我不再作聲，大家都目不轉睛地盯着我。我一個一個地看過去。

然後我繼續說：「今天市長先生來請求我以及你們大家的幫助。老鼠島北部發生了**氣旋**。」

大家陷入了討論：「什麼？」

「這不可能！」

「島上從來沒有氣旋發生過！」

我繼續說：「不幸的是，這是**事實！**需要立刻做點什麼！要趕在藍色運河河水浸出堤壩淹沒海豚灣城之前！你們當中誰願意幫忙？」

所有鼠異口同聲地回答道：**「我！」**

我深受感動：「謝謝大家，真的，我就知

道可以信賴大家！」

我開始沉着而冷靜地為大家分配任務。我知道……

情況越危急，我越要保持冷靜！

看着工作中的我，菲說道：「謝利連摩，你確定你沒事嗎？你好像不太一樣了，有點像……

我對她笑道：「放心，菲，我還是我啊！如果說我變得不一樣了，那多虧了艾拿，還有他的**建議**……」

然後我打電話給家裏和我所有的朋友：每隻鼠都可以作出他的貢獻！

我不是一隻超級鼠！

我決定馬上出版一期**特刊**：我們會發布有關氣旋的消息，號召妙鼠城的所有居民加入到應對緊急狀況的隊伍中，捐錢，提供食物、被褥、藥品和交通工具……也可以是一些建議，或者是自己的一點**時間！**

當我打電話告訴市長先生我們所要做的事情時，他深受**感動**：「謝利連摩，您總能讓我大吃一驚。但是請告訴我，您遇到了什麼事情？我感覺您好像改變了，就好像是一隻***超級鼠！***」

我笑了，回想起艾拿所教給我的，然後

我回答道：「不，市長先生，我不是一隻超級鼠，我還是我，史提頓，*謝利連摩·史提頓*！但是最近我上了幾堂關於如何面對**困難**的課！」

然後，我打電話給家人和我的朋友們，邀請他們馬上到編輯部來。

我的同事們也都這樣做了，不一會兒，我們就聚集起了超過五十隻老鼠！

那場面真是一片混亂！

於是，我根據各隻鼠的能力把他們分組並分配任務……

每組一個任務

我來做千層麪！

如果有什麼艱巨
而危險的任務我
隨時準備着！

我負責供應食物
和水！

我們來做通訊員
並且分發食物。

如果有什麼
吩咐，我很
樂意幫忙！

《鼠民公報》的特刊以破紀錄的速度印刷出來了！

多虧了一羣**志願鼠**，報紙在街道裏被分發出去。

沒過多久，馬克斯爺爺也來了，他看着我，說：「幹得好，我的孫子！我**幾乎**在想把報社託付給你是對的了……你變成了一隻真正的老鼠！」

幾個小時之後，《鼠民公報》辦公室外面聚集了一小羣老鼠。

我打開窗户，看到了不同年齡的男鼠和女鼠們，在各種不同的交通工具上面：從帶拖車的大卡車到拖着踏板小車的小貨車……

每隻鼠都帶着一些東西：被子、食物、藥品，構成了一場為了友誼和團結而進行的感人競賽。

我們大家一起把所有的儲備物和材料裝上卡車，然後最勇敢的一支小隊準備向已證實發生氣旋的地區——老鼠島北部進發。

我的爺爺馬克斯·坦克鼠，被稱為坦克車，他用大拇指勾住背帶，喘着粗氣道：「安靜，我來負責解決最重要的一個問題，也就是：

？？？**誰來指揮？**？？？」

然後他滿意地笑了，捋着鬍鬚：「為了幫助你們，就由我來指揮吧！」

整個史提頓家族的成員齊聲叫道：「爺爺，謝謝，但是不**麻煩你**了！」

他假裝沒聽到，靈活地跳上帶領營救隊伍前行的客車。

值得信賴的天娜跟着他，揮舞着一個銀製的擀麪杖：「我來負責做千層麪！」

爺爺立刻開始下達命令：

從現在開始，禁止：

說髒話！

挖鼻孔！

把口香糖
黏在旁邊的座位上！

在旁邊老鼠的耳朵邊
大聲唱歌！

開品味低級的玩笑！

然後不顧那些喜歡現代音樂的老鼠的反對，他開足音量播放阿伊達*（這是他最喜歡的一部歌劇）裏勝利進軍的唱段，猛地出發了。

那是一次**漫長**的旅途！

*阿伊達：意大利作曲家朱塞佩·威爾第的歌劇。

在一直觸到鬍鬚……的淤泥之中！

當我們從客車上下來時，一下子就了解到情況的嚴重性。

滿是污泥的河水水位**上升**了許多，幾乎已經到達**堤壩**了！

必須立刻做點什麼！

但是做什麼呢？

我不知道該從哪裏開始！

我看向艾拿……

他雙臂交叉，嚴肅地看着我：

「動腦想，做決定和組織大家！」

我考慮了一會兒，很快我明白了，我們首先要做的是加固堤壩！

於是我召集我周圍的所有老鼠，冷靜而清楚地解釋道：「我們必須**加固**堤壩。我們要集中所有的力量來阻止河水氾濫。我們大家一起一定可以做到的！」

贊成的聲音震耳欲聾。

「是的，我們能做到！」

我看到了艾拿贊同的目光，還有班哲文崇拜的眼神。

然後我繼續說道：「為了完成這個不可能的任務，每隻老鼠的工作都很重要！」

班哲文和潘朵拉組織一隊老鼠把沙子裝進**袋子**裏，以便用來加固堤壩；其他鼠用推土機收集木塊、**木板**、樹幹……

當材料收集完以後，我們組成了一個**手動傳送鏈**，用手爪互相傳遞着那些沉重的袋子和巨大的**石塊**，我們要沿着河岸建立一個屏障。

我們在一直觸到鬍鬚的淤泥中工作着，背部很痛，衣服也**濕透**了，惟一值得安慰的是，已經好幾個小時都沒有下雨了。

我們能做到！

為了給自己鼓勵，我大聲地唱起了我最喜歡的歌曲：

「我是一隻安靜的老鼠！」

很快的，我旁邊的老鼠也開始唱了起來，接着，慢慢的，所有的老鼠都齊聲唱了起來……

我抬起頭，看着那些**勇敢**、**無私**地艱苦工作了數小時的老鼠們。或許我們當中，任何一個個體都不是超級鼠……但我們大家在一起就是一羣非凡的老鼠！

巨大的成功！

就在那一刻，一束太陽光從雲層裏照射出來，在天空中形成了**一道美麗的彩虹**。

我們更加努力地工作，不一會兒，成果明顯地呈現在我們面前……

我們做到了！

我們阻止了河水的氾濫：海豚灣城安全啦！

還有很多工作要做，但是最糟糕的已經過去了。需要用一整本書來記錄這些**熱心**、無私的老鼠們所做的一切：他們清除了房子裏的淤泥，安撫年老鼠和年

幼鼠，提供**熱**飯**熱**菜、**乾燥**的食物和*溫馨的話語*……

我要告訴你們最後一件事——

我決定錄製我們大家一起唱過的，給了我們勇氣和力量的那首歌。這是一個巨大的成功！

記得史提頓，*謝利連摩·史提頓*的話！

1
2
3
4
18
8
9
13
12
19
11
10
17
15
28
22
5
20
26
7
23
14
16
27
25
24
36
40
21
37
38
29
31
41
44
32
34
6
30
33
42
43
39
35
妙
鼠

妙鼠城

1. 工業區
2. 乳酪工廠
3. 機場
4. 電視廣播塔
5. 乳酪市場
6. 魚市場
7. 市政廳
8. 古堡
9. 妙鼠岬
10. 火車站
11. 商業中心
12. 戲院
13. 健身中心
14. 音樂廳
15. 唱歌石廣場
16. 劇場
17. 大酒店
18. 醫院
19. 植物公園
20. 跛腳跳蚤雜貨店
21. 停車場
22. 現代藝術博物館
23. 大學
24. 《老鼠日報》大樓
25. 《鼠民公報》大樓
26. 賴皮的家
27. 時裝區
28. 餐館
29. 環境保護中心
30. 海事處
31. 圓形競技場
32. 高爾夫球場
33. 游泳池
34. 網球場
35. 遊樂場
36. 謝利連摩的家
37. 古玩區
38. 書店
39. 船塢
40. 菲的家
41. 避風塘
42. 燈塔
43. 自由鼠像
44. 史奎克的辦公室

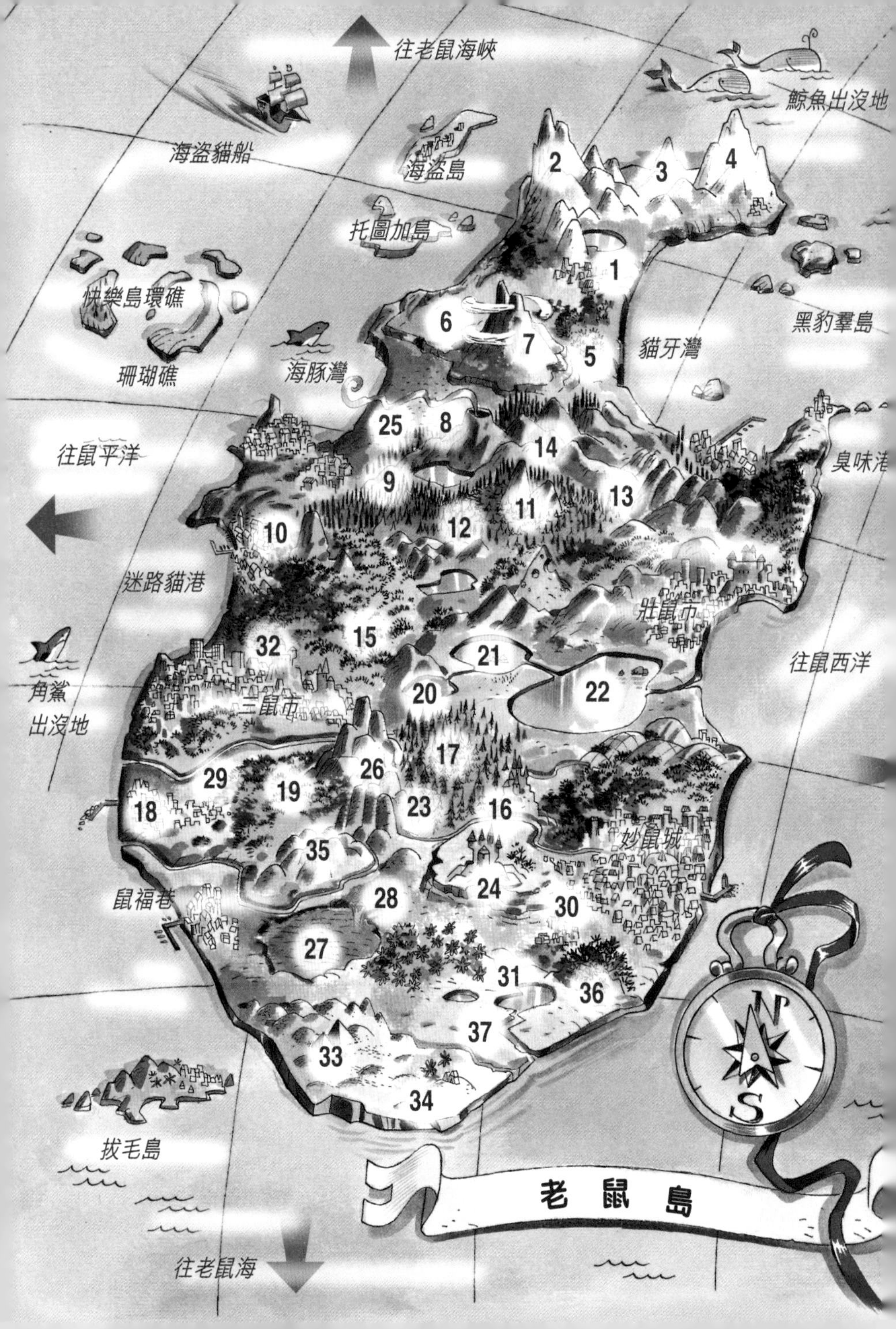
往老鼠海峽
鯨魚出沒地
海盜貓船
海盜島
托圖加島
快樂島環礁
珊瑚礁
海豚灣
貓牙灣
黑豹羣島
往鼠平洋
臭味港
迷路貓港
壯鼠市
角鯊
出沒地
三鼠市
往鼠西洋
妙鼠城
鼠福巷
拔毛島
老鼠島
往老鼠海
N
S
1
2
3
4
5
6
7
8
9
10
11
12
13
14
15
16
17
18
19
20
21
22
23
24
25
26
27
28
29
30
31
32
33
34
35
36
37

老鼠島

1. 大冰湖
2. 毛結冰山
3. 滑溜溜冰川
4. 鼠皮疙瘩山
5. 鼠基斯坦
6. 鼠坦尼亞
7. 吸血鬼山
8. 鐵板鼠火山
9. 硫磺湖
10. 貓止步關
11. 醉酒峯
12. 黑森林
13. 吸血鬼谷
14. 發冷山
15. 黑影關
16. 吝嗇鼠城堡
17. 自然保護公園
18. 拉斯鼠維加斯海岸
19. 化石森林
20. 小鼠湖
21. 中鼠湖
22. 大鼠湖
23. 諾比奧拉乳酪峯
24. 肯尼貓城堡
25. 巨杉山谷
26. 梵提娜乳酪泉
27. 硫磺沼澤
28. 間歇泉
29. 田鼠谷
30. 瘋鼠谷
31. 蚊子沼澤
32. 史卓奇諾乳酪城堡
33. 鼠哈拉沙漠
34. 喘氣駱駝綠洲
35. 第一山
36. 熱帶叢林
37. 蚊子谷

《鼠民公報》大樓

1. 正門
2. 印刷部（印刷圖書和報紙的地方）
3. 會計部
4. 編輯部（編輯、美術設計和繪圖人員工作的地方）
5. 謝利連摩·史提頓的辦公室
6. 直升機坪

老鼠記者

1. 預言鼠的神秘手稿

在鼠蘭克福書展上，正當著名出版商謝利連摩滿以為即將成功奪得出版權時，神秘手稿卻不見了！

2. 古堡鬼鼠

謝利連摩的表弟賴皮為了尋找身世之謎，不惜冒險來到陰森恐怖的鼠托夫古堡。出名膽小如鼠的謝利連摩也被迫跟着去了。

3. 神勇鼠智勝海盜貓

謝利連摩、菲、賴皮和班哲文被海盜貓捉住了，他們能死裏逃生嗎？

4. 我為鼠狂

謝利連摩為了夢中情人，拜訪神秘的女術士、踏上他最害怕的探險之旅，還發現了世界第八大奇跡……

5. 蒙娜麗鼠事件

《蒙娜麗鼠》名畫背後竟然隱藏着另一幅畫！畫中更藏着妙鼠城的大秘密！謝利連摩走遍妙鼠城，能否把謎底揭開呢？

6. 綠寶石眼之謎

謝利連摩的妹妹菲得到了一張標有「綠寶石眼」埋藏位置的藏寶圖。謝利連摩、菲、賴皮和班哲文駕着「幸運淑女」號出發尋寶了。

7. 鼠膽神威

謝利連摩被迫參加「鼠膽神威」求生訓練課程，嚴厲的導師要他和其他四隻老鼠學員在熱帶叢林裏接受不同的挑戰呢！

8. 猛鬼貓城堡

肯尼貓貴族的城堡內竟然出現老鼠骷髏骨、斷爪貓鬼魂、木乃伊、女巫和吸血鬼……難道這個城堡真的那麼猛鬼嗎？

9. 地鐵幽靈貓

妙鼠城地鐵站被幽靈貓襲擊，全城萬分驚恐！地鐵隧道內有貓爪印、濃縮貓尿……這一切能證實有幽靈貓嗎？

10. 喜瑪拉雅山雪怪

謝利連摩接到發明家伏特教授的求救電話後，馬上拉攏菲、賴皮和班哲文去喜瑪拉雅山營救他。

11. 奪面雙鼠

謝利連摩被冒充了！那隻鼠大膽到把《鼠民公報》也賣掉了。班哲文想出了奇謀妙計，迫賴皮男扮女裝去對付幕後主謀。

12. 乳酪金字塔的魔咒

乳酪金字塔內為什麼會發出噁心的氣味？埃及文化專家飛沫鼠教授在金字塔內暈倒了，難道傳說中的金字塔魔咒應驗了？

13. 雪地狂野之旅

謝利連摩被迫要到氣溫達零下40度的鼠基斯坦去旅行！他要與言語不通的當地鼠溝通，也要坐當地鼠駕駛的瘋狂雪橇。

14. 奪寶奇鼠

沉沒了的「金皮號」大帆船裏藏有13顆大鑽石，謝利連摩一家要出海尋寶啦！麗萍姑媽竟然可找到意想不到的寶物啊！

15. 逢凶化吉的假期

謝利連摩竟然參加旅行團到波多貓各旅行！可是這次旅程，一切都貨不對辦！他更要玩一連串的刺激活動呢！

16. 老鼠也瘋狂

謝利連摩聘請了畢粉紅為助理後，瘋狂的事情接連發生，連一向喜歡傳統品味的他，也在衣着上大變身呢！難道他瘋了嗎？

17. 開心鼠歡樂假期

《小題大作！》附送的遊戲特刊很具創意啊！謝利連摩的假期，就是和畢粉紅整隊童軍鼠擠在破爛鼠酒店裏玩特刊介紹的遊戲！

18. 吝嗇鼠城堡

吝嗇鼠城堡的堡主守財鼠，邀請了一大堆親戚來到城堡參加他的兒子荷包鼠的婚禮！堡主待客之道就是「節儉」！

19. 瘋鼠大挑戰

膽小的謝利連摩被迫參加瘋鼠大挑戰，在高速飛奔中完成驚險特技。誰也想不到，最後的冠軍竟然是……

20. 黑暗鼠家族的秘密

謝利連摩去拜訪骷髏頭城堡裏的黑暗鼠家族，在那裏遇上一連串靈異事件。最終，他竟然發現這個家族最隱蔽的秘密……

21. 鬼島探寶

謝利連摩一家前往海盜羣島度假，無意中發現了藏寶圖，歷經一番驚險的探索，他們發現財寶所有者竟然有史提頓家族血統！

22. 失落的紅寶之火

謝利連摩深入亞馬遜叢林尋找神秘的紅寶石，他竟發現有一夥破壞森林的偷伐者也在尋找那顆寶石……

23. 萬聖節狂嘩

10月31日是老鼠世界的萬聖節，在恐怖的節日晚會上，謝利連摩不得不忍受無休止的惡作劇和成羣結隊的女巫、魔法師、幽靈、吸血鬼……

24. 玩轉瘋鼠馬拉松

冰火城馬拉松不僅路途遙遠，還有沙暴、冰雪、地震和洪水等各種危險，甚至突然闖出一隻殺氣騰騰的惡貓！

25. 好心鼠的快樂聖誕

謝利連摩度過了最糟糕的聖誕節，早已準備好的聖誕派對落空了，謝利連摩一向樂於助鼠，他身邊的老鼠會怎樣幫助他呢？

26. 尋找失落的史提頓

從一封奇怪的信件，展開一段英國尋根之旅，從而揭發連串乳酪失竊事件，憑着謝利連摩的機智，能尋回散失的乳酪嗎？

27. 紳士鼠的野蠻表弟

真是天方夜譚！性格狂妄自大、自私自利、行為野蠻無禮的賴皮此次竟然獲頒「傑出老鼠獎」！究竟一隻如此野蠻的老鼠為什麼會得獎？

28. 牛仔鼠勇闖西部

謝利連摩手無寸鐵，但目睹西部的居民長期受到黑槍手們的壓迫，毅然與邪惡、兇殘的槍手首領黑夜鼠決鬥，結果……

29. 足球鼠瘋狂冠軍盃

冠軍盃總決賽要在妙鼠城舉行，謝利連摩被迫代替失蹤的足球隊長去參加比賽，從未踢過足球的他會把這場球賽搞成什麼樣子呢？

30. 狂鼠報業大戰

一夜之間，《咆哮老鼠》席捲妙鼠城，一向暢銷的《鼠民公報》面臨前所未有的危機，究竟謝利連摩能否力挽狂瀾，保住報業大亨的寶座？

31. 單身鼠尋愛大冒險

一次浪漫美妙的南海旅行，一場突如其來的海難，謝利連摩的愛情之旅將會發生怎樣的驚險奇遇？他又會找到自己的心上人嗎？

32. 十億元六合鼠彩票

謝利連摩中了六合鼠彩票！但怎麼發財的卻是賴皮？賴皮成了大富翁後變得視錢如命，謝利連摩怎樣才能讓他明白親情和友情的重要呢？

33. 環保鼠闖澳洲

一向討厭旅行的謝利連摩被一對風風火火的雙胞胎兄妹架着坐上飛機，飛往古老而陌生的澳洲，他們會經歷一次怎樣的冒險之旅呢？！

34. 迷失的骨頭谷

迷失的骨頭谷竟然深藏着神秘而巨大的寶藏，史提頓家族又去沙漠戈壁尋寶啦！經歷一連串的災難之後，他們發現深藏的寶藏竟然是……

35. 沙漠壯鼠訓練營

被「綁架」的謝利連摩參加了「100公里撒哈拉」賽事，細皮嫩肉的他能避過沙漠裏一連串的風暴、蠍子、毒蛇的襲擊平安歸來嗎？

36. 怪味火山的祕密

大規模的降雪使妙鼠城陷入絕境，為了挽救整個老鼠島，謝利連摩和史奎克踏上了怪味火山探秘之旅。是誰製造了這起空前的災難呢？

37. 當害羞鼠遇上黑暗鼠

為了逃避火熱的追求，謝利連摩參加了跨越吉力馬扎羅的旅程。他能否甩掉煩人的糾纏，成功登上非洲的最頂峯呢？

38. 小丑鼠搞鬼神秘公園

一封神秘的請帖，邀請謝利連摩一家及妙鼠城的鼠民參加神秘公園的萬聖節嘉年華，一切免費。真的是一切免費？還是有一個大陰謀正在等待着他們呢？

39. 滑雪鼠的非常聖誕

白色聖誕變成醫院聖誕？病鼠謝利連摩要做手術？有很多、很多、很多折斷的骨頭的謝利連摩，要怎樣度過這個前所未有的難關？

40. 甜蜜鼠至愛情人節

謝利連摩碰上最最倒霉的情人節！他不但跌傷了，情人節計劃更一個接一個泡湯，謝利連摩不禁鼠淚縱橫。這時，一隻甜蜜的女牛仔鼠出現了……

41. 歌唱鼠追蹤海盜車

謝利連摩和史奎克深入港口偵查，他們在一輛宿營車上發現了一個來自貓島的恐怖集團！難道他們就是傳說中的「音樂海盜」？

42. 金牌鼠贏盡奧運會

來自老鼠拉多維亞的選手奪走了奧運賽場上所有個人賽事的金牌，但並不參加任何團隊性質比賽！究竟是什麼原因呢？

43. 超級十鼠勇闖瘋鼠谷

妙鼠城出現了數以百萬計的假乳酪，鼠民吃後頭痛、噁心、還長藍癬子和綠痘痘。超級十鼠和謝利連摩、史奎克展開了秘密調查，發現了一個大陰謀……

44. 下水道巨鼠臭味奇聞

一股難聞的臭味入侵了妙鼠城，鼠民們紛紛以超低的價格出售自己的房子。為了弄清謎團，謝利連摩和史奎克又踏上了新的冒險旅程。

45. 文化鼠巧取空手道

謝利連摩參加了世界空手道錦標賽，面對強壯對手的進攻，他會用什麼秘密絕招取勝呢？

46. 藍色鼠詭計打造黃金城

妙鼠城收到威脅，如果交不出一千噸黃金將遭海嘯災難！謝利連摩和史奎克深入大洋深處偵查，撞入了陰險鼠藍色皇帝布下的羅網中……

47. 陰險鼠的幽靈計劃

大事不好啦！妙鼠城大酒店出現了幽靈，所有的客人都被嚇跑了……幽靈真的存在嗎？大酒店會因此被迫關閉嗎？

48. 英雄鼠揚威大瀑布

謝利連摩為救落水鼠，在尼加拉瓜大瀑布裏勇鬥激流！不熟水性的他能成功救鼠嗎？

49. 生態鼠拯救大白鯨

謝利連摩和柏蒂到海邊度假，他們發現了一條擱淺的大白鯨！拯救行動如何進行呢？

50. 重返吝嗇鼠城堡

謝利連摩和家鼠們回到吝嗇鼠城堡參加葬禮，這次迎接他們的，除了堡主守財鼠一貫的超級「節儉」，還有一個關於葬禮的大秘密、一場突如其來的愛情……

51. 無名木乃伊

妙鼠城埃及博物館裏到處充斥着低沉的嗥叫聲、讓人窒息的灰塵，一個神秘的無名木乃伊在遊蕩，嚇走了所有參觀的老鼠……他到底是誰呢？

52. 工作狂鼠聖誕大變身

一個精靈告訴謝利連摩，聖誕老人要見他，而聖誕老人呢？他竟然委託謝利連摩負責玩具工廠的事務，還委託他將聖誕玩具送給全世界的小孩子們……這，這究竟是怎麼回事？

53. 特工鼠零零K

從垃圾堆滾下來、掉進下水道、被關進貯藏室……每次遇到危險，謝利連摩總能轉危為安。究竟誰在幫助他？會是特工鼠零零K嗎？

54. 甜品鼠偷畫大追蹤

一幅古畫，隱藏着一個關於提拉米蘇的大秘密！倒霉的謝利連摩和怪招連連的史奎克，會經歷一次怎樣的破案歷險呢？

55. 湖水消失之謎

當謝利連摩試着把一個印地安捕夢網掛在家裏時，竟然摔下來昏倒了……一場奇妙的印第安冒險由此開始！

56. 超級鼠改造計劃

從撒哈拉沙漠到北極，從熱帶雨林到岩洞，謝利連摩經歷了一系列驚心動魄的冒險，不能填飽肚子，無法安穩睡覺，生命安全沒有保障……究竟發生了什麼怪事？

親愛的鼠迷朋友，

下次再見！

謝利連摩・史提頓

Geronimo Stilton